LUCIANA SAVAGET

O AMOR DE MARIA, A BONITA

ARTE MIADAIRA

DCL

Diretor Editorial: Raul Maia Jr

Editor de Literatura: Vitor Maia

Coordenação Editorial: Maria Viana

Assistência Editorial: Paula Thomaz

Assistência de Comunicação: Paula Thomaz

Preparação de Texto: Bernadete Siqueira Abrão

Revisão: Agnaldo Alves
Ana Paula Ribeiro
Gislene de Oliveira
Janaína Mello

Capa, Projeto Gráfico e Ilustrações: Miadaira

Diagramação e Arte-final: Vinicius Rossignol Felipe

Supervisão Gráfica: Roze Pedroso

Texto em conformidade com as novas regras ortográficas do Acordo da Língua Portuguesa

Dados Internacionais de Catalogação na Publicação (CIP)

Savaget, Luciana
O amor de Maria, a bonita / Luciana Savaget ;
ilustrações Gilberto Miadaira. — São Paulo : DCL, 2015.

ISBN 978-85-368-2173-3

1. Literatura infantojuvenil I. Miadaira, Gilberto.
II. Título.

CDD – 028.5

Índices para catálogo sistemático:

1. Literatura infantil 028.5
2. Literatura infantojuvenil 028.5

2ª edição • junho • 2015

Todos os direitos desta edição reservados à

Editora DCL
Av. Marquês de São Vicente, 446 – 18º andar – CJ. 1808 – Barra Funda
CEP 01139-000 – São Paulo – SP
Tel.: (0xx11) 3932-5222
www.editoradcl.com.br

À Maria que soube
dominar com paixão
a malvadeza do agreste.

O rio São Francisco não se cansa de guardar contos e lendas sem fim. Comprido que nem ele só, o velho Chico atravessa cinco Estados, bem no centrão do Brasil. E foi numa de suas beiradas que aconteceu a história de amor entre Virgulino Ferreira, o famoso Lampião, e Maria, a mulher de boniteza como não havia em léguas de sertão.

Nos cantos do lugar chamado Raso da Catarina, às margens do grande rio, vários sons e urros se escutam, dia e noite: são os ecos, eternidade afora, dos gritos de Virgulino chamando Maria, tão bela quanto a flor do mandacaru. Quem vive por lá ouve sempre esses lamentos de amor.

Há Marias de muita formosura no Sertão nordestino. Mas que nem aquela, eu duvido. Nascida Maria, cresceu como Maria Dea, por causa da mãe, Dona Dea, e afamou-se Maria Bonita.

E além da beleza, que coragem... Virou e revirou os caminhos da caatinga, serra acima e montanha abaixo. Destemida de céus e terras, cruzou vales, seguiu a poeira das estradas, ouviu pássaro grande batendo asas e com canto chorado. Sem perder o passo por quilômetros de sol a pino,

dormiu entregue às estrelas, enfrentou aflição, atoleiro e espinhaço. Também respondeu à bala às emboscadas, encarou no punhal afrontas e traições, sempre ao lado de quem muitos temiam e ela amava, herói para uns e bandido para outros, o lendário Lampião. Quem vive assim não deveria ter sossego para a paixão, mas ela teve. Eta mulher danada! Costurou e bordou o agreste onde muito macho arrepiou caminho.

Dea, antes de ganhar o dengo de Bonita, passou sua meninice na fazenda Malhada da Caiçara, no município de Jeremoabo, interior da Bahia. Teve 11 irmãos e era neta de um jagunço, considerado herói pelo povo da redondeza por ter defendido Antônio Conselheiro, outro personagem que fez história naquelas bandas do Brasil. Filha de fazendeiro, viveu infância igual à de tantas outras meninas de seu tempo. Só o destino foi diferente. E como foi...

Jovenzinha ainda, conforme os padrões da época e da região, ela se uniu com o sapateiro José Miguel da Silva, de apelido Zé de Neném. Tímido e calmo, ele trabalhava em casa, batendo sola o dia inteiro. Juntos, seguiram a rotina da sobrevivência. Cinco anos de casamento não foram suficientes para ela entregar ao moço de bons costumes o seu ardente coração.

Até o dia em que Lampião e seu bando chegaram zoando temores. E, se a galope apareceu, a galope tomou o coração de Maria. Nessa ocasião, ela estava brigada com o remendeiro de couros, passando uns dias na fazenda dos pais. O chefão dos cangaceiros – como os bandidos eram chamados nos grotões do Nordeste – foi apresentado à moça, olhos nos olhos, respiração presa: de imediato, a labareda da paixão se acendeu entre os dois. Ele perguntou à jovem:

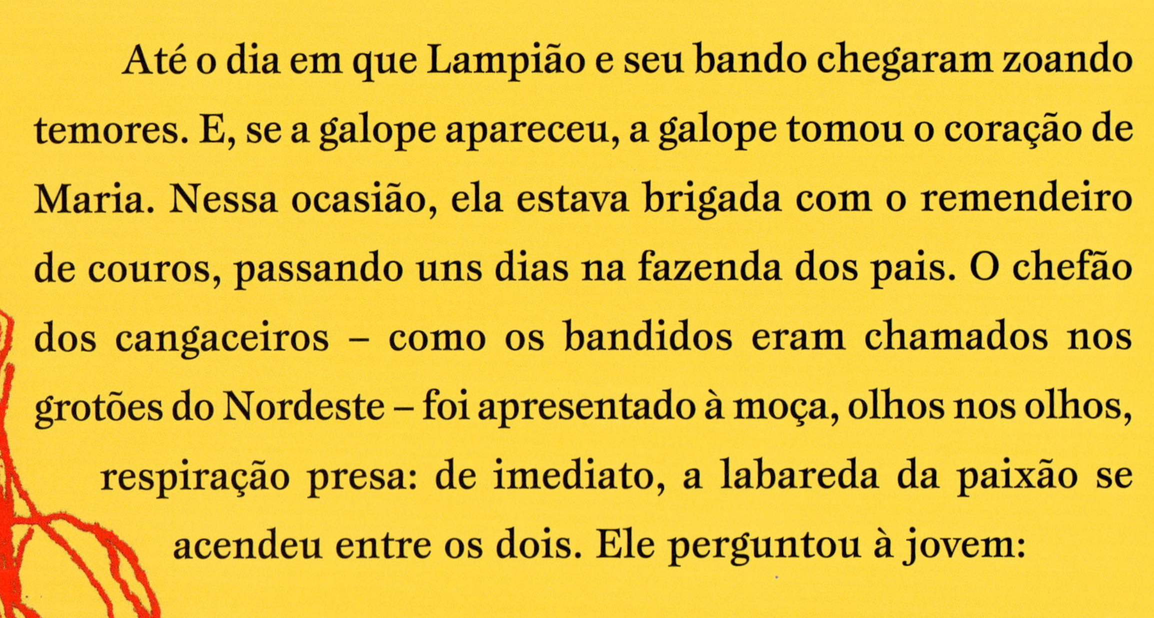

– Ocê sabe bordá?

– Sei – respondeu Maria.

– Então vou deixá quinze lenços pra ocê enfeitá, e daqui a duas semanas eu volto e pego.

Sem olhar para trás, o rei do cangaço foi embora no mesmo galope em que chegou, deixando não só os panos, mas também o seu olhar de apaixonado.

Maria não precisou de outro sinal para saber que aquele era o seu príncipe, sem nada de encantado: em carne, osso e valentia. Enamorada à primeira vista, caprichou na agulha e na linha, como se bordasse o seu amor pelo "capitão" do sertão.

Ela sempre vibrava com os feitos de Lampião. Quando escutava as suas façanhas, seus olhos brilhavam de prazer. Estava disposta a segui-lo, custasse o que custasse. Sabia que cangaceiro era gente de vida incerta e arriscada, que nem bicho azedo, de natureza aborrecida. Mas desde aquele dia em que esbarrou seu olhar, pela primeira vez, no cabra da peste do Virgulino Ferreira, se apaixonou e jurou, para quem estava por perto, que aquele homem seria seu para sempre.

– Quem dera todo home fosse que nem Virgulino... – segredou para as amigas.

E um dia, quebrando a calmaria na virada do vento, reapareceu o espalha-medo, com seu chapéu de couro das abas dobradas para cima, de parabélum na mão. Invadiu o povoado onde morava Maria e foi perguntando, sem apear, a quem as pernas afrouxaram para correr:

– Cadê a muié que disse que abandonaria o marido pra me acompanhá?

– Maria Bonita está em casa! – respondeu um coro de vozes.

Foi assim que naquela tarde bem longe na história, trajando vestido de festa e alpercatas trançadas, Maria muniu-se de dois bornais, penteou o cabelo preto e se despediu do marido, desde então viúvo de mulher viva. Na garupa do cangaceiro, largou-se ela com o bando só de homens caatinga adentro.

Ciumenta e dengosa, diziam que era também um pouco ranzinza, mas faladeira, sempre arrumadinha como toda moça que se cuida. Quando se juntava a Lampião em juras de amor, repetia sem hesitação:

– No dia que você morrer, eu quero morrer também.

Jamais cobrou paradeiro ao amado. Conduzidos pelas estrelas, adestrados na montaria, lá iam os dois e seu bando, por entre pés de xiquexique, quipá, mandacaru, rasga-beiço, rompe-gibão, vegetação que se presta a molestar os que a tocam. O Sol, por sua vez, os acompanhava escaldando, parecendo querer derreter quem estava cá embaixo. Poucos entenderam como esse amor resistiu a tantas provações, da natureza e dos homens. Mulher de bens, preferiu trocar o conforto garantido por um reinado sem eira nem beira, tendo o arreio por trono, e o coração por mandato. Ao seu lado, o rei do cangaço nem

tipo físico possuía para inspirar tão violenta paixão: pele tostada pelo Sol, traços rudes, cabelo ligeiramente crespo, que empastava com banha de cheiro, mancava de uma perna e ainda era cego de um olho.

O que não o impedia de imperar sobre os cafundós, graças à pontaria caolha por trás dos óculos redondos. Além da coragem sem limites diante de perigos e inimigos.

– Não me importo com boniteza – dizia Maria a quem pudesse duvidar da sua escolha. E acrescentava, sonhadora:

– Gosto dele assim mesmo. Oxente, que home corajoso!

Naquele tempo distante, no século que se passou, a rotina no sertão nordestino se desenrolava entre assaltos, saques e combates. Não existia lei obedecida. Quem mandava e desmandava sobre qualquer solo rachado, brejo seco ou várzea queimada era mesmo o diabo do Lampião. Por onde ele passava, deixava um rastro de pavor ou adoração, pois tomava dos ricos e, se na partilha sobrava, distribuía aos pobres. Era ajudado nessa repartição por Maria Bonita, que acabou também merecendo o apelido de Santinha. Apesar da faceirice, a beldade do capitão das caatingas continuou guerreira destemida, arreada de perneiras, cartucheiras e chapéu de couro. E, mesmo grávida de oito meses, brigava com a manha da cascavel, ágil na peixeira e na carabina certeira.

Os cordelistas não cansavam de lhe dedicar seus versos de louvor:

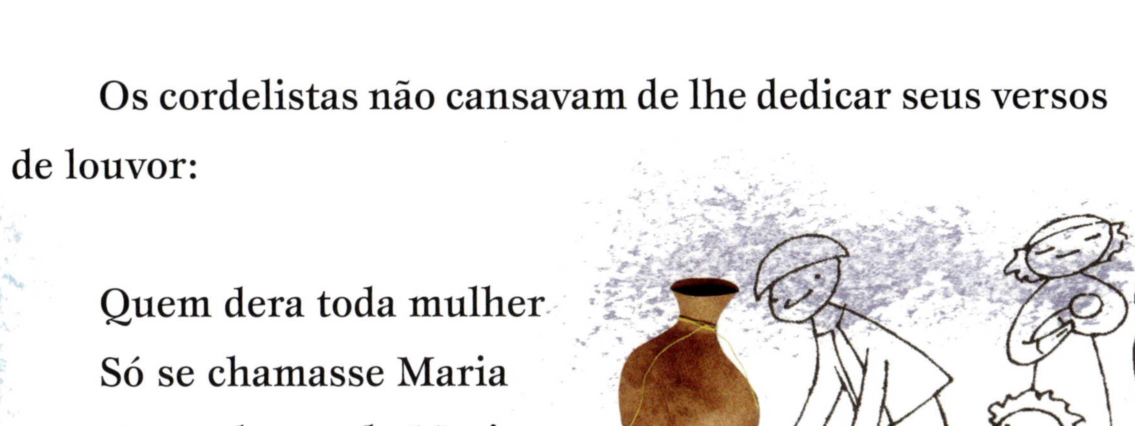

Quem dera toda mulher
Só se chamasse Maria
Quem dera toda Maria
Fosse chamada Bonita
Quem dera toda bonita
Só se chamasse Maria.

Nunca foi mulher de beira de fogão, varrer casa, lavar pratos, parir muitos filhos. Não a intimidava macho ou fêmea, bicho-fera ou bicho-homem, e, quando acertava algum soldado, ainda sorria:

– Mais um que se danou!

Seus olhos castanho-escuros derramavam-se num olhar sereno. Beleza rústica das morenas sertanejas, além da valentia, era afeiçoada à vaidade: só andava perfumada, com brincos pendurados, anéis em todos os dedos, de ouro ou com pedras preciosas, qualquer um de muito valor. E até luvas usava, bordadas com flores. Nas pernas, meias do mesmo pano do vestido subiam-lhe até o meio da coxa, onde se prendiam com elástico. Bem justas, não serviam apenas de enfeite, mas protegiam-na de espinhos e galhos secos. Sobre essas meias,

vinham as perneiras de couro de bode, resistentes e macias, adornadas com botões. No pescoço amarrava lenços de seda de cores berrantes, presos por alianças de ouro, ou alguma medalha da sua protetora, Nossa Senhora. Assim produzida, ficava de uma lindeza só, e a fama se espalhando de boca em boca, de roça em roça, de casa em casa, por todos os cantos do Nordeste bravio. A heroína do cangaço, como alguns a chamavam, não precisou de salões nem vitrines para inspirar, a seu modo, a moda feminina, cuidadosa de realçar os próprios encantos.

Sabendo como ninguém usar a inteligência, Lampião, que de bobo passou longe, tinha de tudo um pouco – diplomata, filósofo, psicólogo e poeta –, o que lhe valeu para escolher uma companheira à altura de sua vida aventurosa.

– Vou contá a vosmecês, só Maria Bonita dá conta da minha vida – derretia-se o destemido bandido, com voz vagarosa, mas solene, diante do bando que o ouvia, respeitoso. E completava: – A muié que gostá do seu companheiro e quisé acompanhá ele que se prepare, a estrada do cangaço tem muito pó, muita pedra e tristeza também. Maria sabe disso.

A vida do bando mudou com a chegada de Maria Bonita. Os cangaceiros falavam do inimigo aos palavrões, imitando urros de animais, grosseiros de dar medo e nojo. Mas, com ela ali, tudo ficou diferente. Ai de quem pronunciasse um nome feio na presença da mulher que passou a mandar no coração do capitão!

Uma vez, na época das festas de São João, Lampião e seus capangas atacaram, tarde da noite, a Vila Serrinha do Catimbau, em Pernambuco. Depois de muita bala zunindo no escuro, o grupo tentou avançar. Maria Bonita usava um vestido branco e seu vulto chamou a atenção no breu da madrugada. Por isso, ela foi atingida logo nos primeiros tiros. Corajosa como nunca se viu, não derramou lágrima, nem gemido soltou. No suor frio da dor, ainda fez graça:

– Num choro porque lágrima é salgada e só ia secá mais a terra. Basta de tanta folha seca... — E acrescentou: – Se a gente não se cuidá, a maré dos óio entra e aquela escuridão domina tudo. Eu não choro não.

Não tendo a quem apelar, senão ao que aprendeu na luta e na leitura, Lampião se fazia médico, parteiro, dentista e adivinho. Foi ele quem cuidou pessoalmente das feridas da amada. A necessidade ensinara-lhe curiosos remédios. Usou-os para o tratamento em Maria, aplicando uma mistura esquisita de cipó espremido com pimenta-malagueta pisada com casca e caroço. Depois, quando o machucado estava quase curado, aplicou outra combinação estranha de mata-pasto pisado com água. Ela ficou boa.

Maria Bonita foi companheira de verdade, em todos os instantes, até a hora do fim terrível.

– O amor é mais forte que morrer – costumava dizer Maria.

Cansada de tanto fugir, Bonita pediu ao companheiro que se aquietassem um pouco, e Lampião arrumou um esconderijo, achando-o seguro. Era Angico, uma grota de blocos de pedras redondas e pontiagudas, no fundo do riacho Ouro Fino, afluente do São Francisco, em Sergipe. Do outro lado fica Alagoas. Entre os dois Estados corre o velho Chico, majestoso, imenso, calmo e, em alguns trechos, encachoeirado.

Por alguns dias, Lampião e os cabras viveram sossegados nessa furna. Até máquinas de costura tinham. Nenhum deles poderia imaginar que Angico fosse a última fortaleza. Trágico engano.

Às quatro e meia da manhã de 28 de julho de 1938, quando o silêncio ensurdecia e uma chuvinha fina refrescava a terra, os “macacos”, como os cangaceiros chamavam a polícia, cercaram a região. De uma só vez, invadiram o acampamento de Maria e Lampião, fuzilando quem encontrassem pela frente. Mataram todos os acoitados, sem dar tempo a ninguém de reagir. Maria e Lampião dormiam.

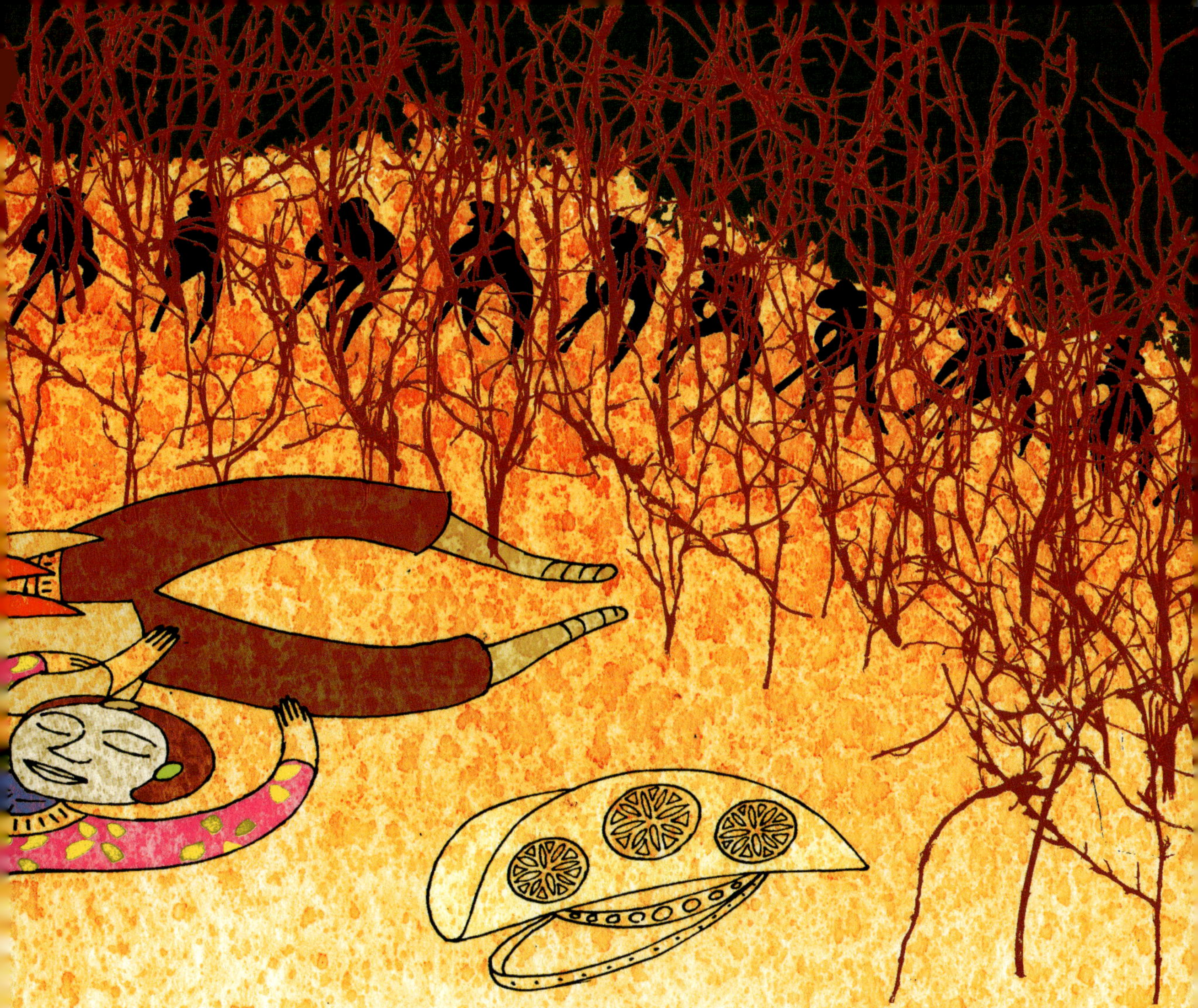

As águas do São Francisco, que murmuram poesia, também embalam para a história aquele modo diferente de viver, a que se deu o nome de cangaço. O rio, com suas gretas e grotas, ajuda a preservar nas nascentes e nas pedras das encostas as marcas de balas esquecidas por lá, num lugar que um dia acolheu uma história de amor.

Assim como viveu, Maria Bonita morreu de mãos dadas com seu rei, o do cangaço. Unidos na vida, talvez nem a morte os separe.

Descobri Maria Bonita nos caminhos arenosos do sertão nordestino. Ela simboliza a força da mulher brasileira. Sua coragem vem da terra bruta, da sobrevivência calejada. Ao revirarem a miséria sertaneja pelo avesso da história, Maria Bonita e Lampião mostraram ao mundo a face injusta daquela região. Foi depois de conhecer a vida dessa Maria que abri devagar a minha afetuosa curiosidade para entender a importância do cangaço na vida sofrida do povo da caatinga. Miadaira me ajudou a contar essa história por meio do primor de suas ilustrações.

Luciana Savaget

Luciana nasceu na família Savaget, é jornalista e tem vários livros para crianças, e adultos, alguns publicados na Colômbia e na Alemanha. Pela editora DCL publicou: *Gravata sim, estrela não*; *Japuaçu e a estrela do fogo* e *O amor de Virgulino, Lampião*, que ganhou o prêmio de Altamente Recomendável para criança da Fundação Nacional do Livro Infantil e Juvenil (FNLIJ), e foi selecionado para o catálogo da feira de Bolonha, na Itália.

Gilberto Miadaira, além de ilustrar livros, desenha semanalmente para uma revista e desenvolve outros projetos. Já ilustrou livros didáticos e paradidáticos. É arquiteto formado, mas artista plástico na prática cotidiana.